Para Anna y Katy

Dirección editorial: M.ª Jesús Gil Iglesias
Coordinación: M.ª del Carmen Díaz-Villarejo

Título original: *A Little Bit of Winter*
Traducción del inglés: M.ª del Carmen Díaz-Villarejo
Publicado por primera vez en Gran Bretaña en 1999 por Andersen Press

© Del texto: Paul Stewart, 1998
© De las ilustraciones: Chris Riddell, 1998
© De la presente edición: Ediciones SM, 2000
   Joaquín Turina, 39 - 28044 Madrid

Comercializa: CESMA, SA - Aguacate, 43 - 28044 Madrid

ISBN: 84-348-6839-3
Depósito legal: M-1329-2000
Impreso en España / *Printed in Spain*
Orymu, SA - Ruiz de Alda, 1 - Pinto (Madrid)

Un poquito de invierno

Contado por **Paul Stewart**
Ilustrado por **Chris Riddell**

—Te voy a echar de menos
–dijo el conejo–. Y tú, ¿me vas a echar
de menos?
—No –respondió el erizo.
—Pero yo sí que te echaré de menos
–insistió el conejo.
—Ya lo sé –contestó el erizo–.
Me lo acabas de decir.

6

—Eres muy despistado –comentó el erizo.
—¿Despistado yo? –preguntó el conejo.
—Si no lo fueras –dijo el erizo–,
recordarías por qué no te voy a echar
de menos.

—Recuérdamelo –le pidió el conejo.

—Estaré dormido durante el invierno
–contestó el erizo–. No puedo echar
de menos a los amigos mientras
estoy dormido.

El erizo cogió una piedra afilada
y fue hacia un árbol.
El conejo comió unas hierbas,
después una hoja de diente de león
y, más tarde, algo de trébol.
Mientras, el erizo escribía un mensaje
en el tronco de un árbol.

Querido conejo:
por favor,
guarda un poquito
de invierno
para cuando
me despierte.
Con cariño,
el erizo

—Conejo —dijo el erizo—.
Quiero que me hagas un favor.
Sé que es difícil para un animal tan
despistado, así que te he dejado
un mensaje para que lo recuerdes.
Quiero que me guardes un poquito
de invierno.

—Pero ¿por qué? —preguntó el conejo.
—Quiero saber cómo es el invierno
—contestó el erizo.
—El invierno es duro y blanco
—respondió el conejo—.
El invierno es frío.
—Pero ¿cómo de frío?
—insistió el erizo—.
Yo ahora tengo frío.
Tengo frío
y s-u-e-ñ-o —bostezó.

El conejo agitó
a su amigo.
—¡Ay! —exclamó
al pincharse
con las púas.

—Conejo –dijo
el erizo–, ya es hora
de que encuentre
un lugar caliente
donde pasar
el invierno.

El conejo
se chupó su pezuña.
—Te voy a echar
de menos –dijo.

Aquel año el invierno fue muy duro.
La nieve cayó.
El lago se hizo un bloque de hielo.
El conejo estaba calentito
en su madriguera.
Pero también tenía hambre.

—Eso es lo malo del invierno
–dijo el conejo metiéndose de un salto–.
Cuanto más frío hace, más hambre tengo
–miró entonces a su alrededor–.
Y cuanto más frío hace, menos comida
encuentro.

No había ni hierba verde
ni trébol fresco.

Así que el conejo
se conformó
con lo marrón
que encontró.

Las hojas marrones.

La corteza marrón.

17

La bellota marrón.

Cuando el conejo vio las palabras escritas
en el tronco, la corteza se le cayó del susto.

La corteza rodó
y fue juntando nieve
hasta hacerse una pequeña pelota.

El conejo leyó el mensaje.
—Oh, no. ¿Un poco de qué?
Sopló el viento, el frío era helador.
El conejo miró la bola de nieve,
y entonces lo recordó.

—Un poquito de invierno –dijo.

El conejo hizo rodar
la bola sobre la nieve.

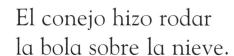

Y ésta se hizo
cada vez mayor.

El conejo envolvió
la bola de nieve
con unas hojas.
—Mantendrán el frío
en el interior
–dijo el conejo.

—Y así la guardaré
bajo tierra.

22

La primavera llegó.
El sol brillaba.
La nieve se derritió
y el lago se convirtió
otra vez en agua.
El erizo se despertó.

—¡Hola, erizo! —exclamó el conejo.
—¡Hola, conejo! —exclamó el erizo.

Querido conejo:
por favor,
guarda un poquito

para cuando
me despierte.
Con cariño,
el erizo

24

—Pero, conejo –dijo el erizo–,
te has comido el invierno.
—No –respondió el conejo–.
Me he comido la corteza,
pero el invierno lo he guardado.
Está en mi madriguera.
Ahora te lo traigo.

El erizo tocó
la bola suave y marrón.
—Me dijiste que el invierno
era duro y blanco... y frío.
—Espera y verás
–respondió el conejo.

Una a una,
fue retirando las hojas.

El erizo miró fijamente
la bola de nieve.
Se parecía al invierno.

El erizo olisqueó la bola de nieve.
Olía a invierno.

El erizo agarró
la bola de nieve
entre sus patas.

—¡Ay! –gritó–.
Me ha mordido.

—En realidad, así es el invierno
–le contestó el conejo.

—Gracias por recordarlo
–dijo el erizo.
—Lo recordé porque te echaba de menos
–dijo el conejo–. Y tú,
¿me has echado de menos?
El erizo suspiró.
—Mi buen amigo... –respondió.